Prions en Église Junior
HORS-SÉRIE

LA JOIE DU PARDON

- Dans la Bible
- Dans ma vie
- Par le sacrement de réconciliation

LA JOIE DU PARDON

On se sent tous un jour trahi ou blessé par une parole ou par un geste... Si nous en sommes parfois les victimes, nous pouvons aussi en être les auteurs. Et le plus triste, c'est que cela arrive très souvent avec les personnes que nous aimons le plus. Demander pardon ou pardonner à quelqu'un demande beaucoup de courage et d'amour. Nous avons aussi besoin de Dieu : son amour n'a pas de limites. C'est pourquoi il nous pardonne et nous aide à accorder notre pardon. Grâce à ce livret, prépare-toi à vivre la grande aventure du pardon !

Père Emmanuel

SOMMAIRE

Prions en Église Junior

18, rue Barbès, 92128 Montrouge cedex. Tél. : 01 74 31 60 60. www.eveilalafoi.fr
Directeur de la publication : Pascal Ruffenach. Directeur délégué : Jean-Marie Montel. Rédactrice en chef : Karem Bustica. Directrice artistique : Pomme Mignon. Secrétaire général de la rédaction : Frédéric Pascal. Rédactrice photo : Ania Biszewska. Assistante de la rédaction : Djamila Hellal. Ont collaboré à ce numéro : Geoffrey-Kamen Defebvre (rédaction), Hervé Bourdieu (secrétariat de rédaction), Béatrice Basteau (maquette). Fabrication : Charles Pedergnana. Marketing : François-Xavier Guiblin. Contrôleur de gestion : Muriel Spirito. Chef des ventes : Stéphanie Chauveau. Relations abonnés : Bayard – TSA 50006 – 59714 Lille cedex 9. Pour vous abonner : 0825 825 830 (0,15 €/min). Pour gérer votre abonnement : 01 74 31 15 06 (depuis l'étranger : 00 33 1 74 06) – http://jeunesse-contact.bayardweb.com. Pour gérer votre abonnement en ligne : https://e-bayard-jeunesse.com. Impression : IME, 6 zone artisanale la Craye 25110 Autechaux

Prions en Église Junior est édité par Bayard Presse S.A., société anonyme à directoire et conseil de surveillance au capital de 16 500 000 €. Actionnaires : Augustins de l'Assomption (93,7 % du capital), S.A. Saint-Loup, association Notre-Dame de Salut. Directoire : Pascal Ruffenach (président du directoire), André Antoni, Alain Augé, Florence Guémy (directeurs généraux). Président du conseil de surveillance : Hubert Chicou. Administration : Bayard Presse, 18, rue Barbès 92128 Montrouge cedex. Tél. : 01 74 31 60 60. Loi n°49-956 du 16/07/1949 sur les publications destinées à la jeunesse, modifiée par la loi n°2011-525 du 17/06/2011. Dépôt légal à parution. Commission paritaire n° 1117K85644. ISSN : 1769-4981. Tarif public d'abonnement France : 1 an/6 numéros : 32 €.

Illustrations de la couverture et du dos de couverture : Robin.

Illustrations : Jérémie Claeys/Robin

VÉRO N'A PAS ENVIE DE DIRE PARDON

Texte : Anne-Sophie du Bouëtiez. Création : Bernadette Després. Illustrations : Marylise Morel. Couleurs : Clémence Sapin

À QUOI ÇA SERT DE PARDONNER ?

Dans la vie, nous sommes parfois celui à qui on demande pardon, et parfois celui qui aimerait être pardonné… Pardonner n'est pas quelque chose qu'on fait à la légère. Alors qu'est-ce que cela veut dire exactement, pardonner ?

Pardonner, ce n'est pas…

Oublier

Parfois, on croit qu'il suffit d'oublier le mal qui nous a été fait, comme par magie. Mais attention ! Une cicatrice mal refermée continue à saigner.

Subir sans réagir

Pas question de se laisser marcher sur les pieds ni d'être une victime !

Faire comme si de rien n'était

On peut être tenté de dire : « Il ne s'est rien passé, ce n'est pas grave… » Mais pardonner ne veut pas dire être aveugle !

Pardonner, c'est plutôt…

Refuser de se venger

Pardonner, c'est d'abord abandonner la vengeance, même si on nous a fait très mal. C'est casser le cercle de la méchanceté qui n'a jamais de fin.

Prendre le temps de regarder le mal en face

Pardonner, c'est aussi comprendre pourquoi on s'est senti blessé. C'est savoir expliquer ses sentiments et ce qui nous a fait souffrir.

Prendre une décision

Pardonner, cela ne s'impose pas ! C'est un choix personnel, parfois très difficile et qui prend du temps. Mais une fois qu'on a décidé de pardonner, on se sent libéré !

J'AI BESOIN D'ÊTRE PARDONNÉ

Nous sommes tous capables de blesser ceux qui nous entourent. Nous avons nous aussi besoin d'être pardonnés.

Une alarme bien au point

Sur le coup, ça peut faire du bien de dire des méchancetés, de se moquer, de se bagarrer. Mais après ? On n'est souvent pas très fiers de nous ! Pincement au cœur, malaise, honte... Ces sentiments nous poussent à réfléchir à ce que l'on fait pour chercher à y voir plus clair.

Courage !

Demander pardon à quelqu'un, cela demande beaucoup de courage. La fierté, la peur d'être rejeté par l'autre, la peur de se disputer à nouveau, la peur de ne pas trouver les mots, l'envie d'oublier ce qui s'est passé... Tout cela forme un grand mur autour de nous, qu'il n'est pas facile de franchir. Et pourtant, on se sent tellement mieux après !

QUELLE LIBERTÉ !

Le pardon libère d'u

Jade, 10 ans

« Un jour, je me suis disputée avec ma copine. Puis, on en a eu marre de se regarder de travers, alors on a décidé de se pardonner ! »

Martin, 10 ans

« Quand on ne pardonne pas à un ami, on a un fardeau très lourd sur le dos. Ça fait vraiment du bien de s'en débarrasser. »

Avancer

Vouloir pardonner, vouloir être pardonné, c'est avant tout chercher à se libérer de ce poids qui nous empêche d'avancer. Au revoir la méfiance, bonjour la confiance ! Pardonner nous permet d'avoir une nouvelle relation avec nous-mêmes et avec les autres.

S'engager

Quand on dit : « Excuse-moi » ou « Pardon », ce ne sont pas des paroles en l'air qui, à peine prononcées, sont déjà envolées ! Dire pardon, c'est avoir envie de réparer ce que l'on a cassé… et c'est aussi s'engager à ne pas recommencer.

Illustrations : Clotilde Perrin. Photos : Iakov Filimonov, ChantalS, Ben Gingell, Mattei – stock.adobe.com

rand poids qui nous gâchait la vie.

Réconcilier

Que ce soit entre deux amis ou entre deux pays, le pardon est comme un pont. Là où le mal sépare, casse et crée du vide entre les gens, le pardon, lui, réconcilie et permet de se rapprocher. Il ouvre ainsi les portes d'un avenir nouveau ensemble.

Libérer !

Le pardon libère celui qui le demande comme celui qui le donne.
Les deux mots, « pardon » et « libération », ont la même racine grecque.
Celui qui pardonne se libère et libère celui à qui il a pardonné.

Raoul, 10 ans

« En cherchant bien, nous avons tous les qualités pour pardonner. Il suffit d'avoir la force d'aller les trouver au fond de son cœur. »

Anouk, 10 ans

« Il faut être sincère quand on pardonne. Sinon, la colère reste au fond de nous sans que l'on puisse la faire sortir. »

JOSEPH ET SES FRÈRES

Le jeune Joseph est l'un des douze fils de Jacob, un riche berger du pays de Canaan. Il est le préféré de son père. Jaloux de lui, ses frères décident alors de se débarrasser de Joseph…

** Souvent, Joseph racontait à ses frères des rêves étranges où ils devaient s'agenouiller devant lui… Ils détestaient Joseph à cause de ces rêves.*

PENDANT CE TEMPS, LES FRÈRES DE JOSEPH DISCUTENT.
IL NE FAUT PAS TUER JOSEPH. C'EST NOTRE FRÈRE.
ET SI ON LE VENDAIT À UNE CARAVANE DE MARCHANDS ?
BONNE IDÉE !
MAIS, ARRIVÉS PRÈS DU PUITS...
ÇA ALORS... JOSEPH A DISPARU !
QUE VA-T-ON FAIRE ?
QU'ALLONS-NOUS DIRE À NOTRE PÈRE ?
J'AI UNE IDÉE !
NOUS DIRONS QU'UNE BÊTE SAUVAGE L'A DÉVORÉ.
MES FILS, VOUS VOILÀ ENFIN ! MAIS... OÙ EST JOSEPH ?
DIEU DU CIEL ! C'EST SA TUNIQUE !
NOUS L'AVONS TROUVÉE DANS LA CAMPAGNE.
IL NE RESTAIT PLUS RIEN DE JOSEPH...

* *Pharaon était le roi d'Égypte.*

** *« Violer » signifie forcer quelqu'un à avoir des rapports sexuels.*

EN PRISON, JOSEPH DEVIENT LE SERVITEUR DU COMMANDANT.
NOUS AVONS DEUX NOUVEAUX PRISONNIERS. VA LEUR PORTER À MANGER.
OUI, MAÎTRE.
QU'AVEZ-VOUS FAIT POUR ÊTRE ICI ?
NOUS SERVIONS LE PAIN ET LE VIN À PHARAON.
NOUS AVONS EU LE MALHEUR DE LUI DÉPLAIRE.
UN MATIN...
DITES DONC, ÇA N'A PAS L'AIR D'ALLER !
C'EST QUE J'AI FAIT UN RÊVE ÉTRANGE...
MOI AUSSI...
RACONTEZ-MOI.
IL Y AVAIT UNE VIGNE AVEC TROIS SARMENTS. JE CUEILLAIS DES GRAPPES DE RAISIN ET JE LES PRESSAIS AU-DESSUS DE LA COUPE DE PHARAON.
MOI, J'AVAIS DES PAINS POUR PHARAON, MAIS LES CORBEAUX LES MANGEAIENT...
VOS RÊVES SONT DES PRÉSAGES.
TOI, TU SERAS LIBÉRÉ DANS TROIS JOURS. TU RETOURNERAS SERVIR LE VIN À PHARAON.
MAIS TOI, TU SERAS PENDU... ET DÉVORÉ PAR LES OISEAUX.
ET C'EST EXACTEMENT CE QUI ARRIVE.

DEUX ANS PASSENT. UN JOUR, AU PALAIS DE PHARAON...
VOTRE MAJESTÉ A-T-ELLE BIEN DORMI ?
NON, J'AI ENCORE FAIT CE RÊVE BIZARRE...
FAIS VENIR MES SAVANTS ET MES MAGICIENS, QU'ILS M'EXPLIQUENT CE RÊVE...
J'AI VU SEPT VACHES GRASSES AU BORD DU NIL, PARMI LES JONCS.
DERRIÈRE ELLES, SEPT VACHES MAIGRES ET EFFRAYANTES ARRIVENT ET DÉVORENT LES PREMIÈRES.
CE RÊVE EST INCOMPRÉHENSIBLE !
IL NE VEUT RIEN DIRE.
PERSONNE N'EST DONC CAPABLE D'INTERPRÉTER MON RÊVE !
MAJESTÉ, J'AI CONNU EN PRISON UN ESCLAVE HÉBREU QUI SAIT LIRE LES RÊVES.
TOUT CE QU'IL M'A DIT S'EST RÉALISÉ.
AMENEZ-LE MOI.

ALORS, COMMENT EXPLIQUES-TU MON RÊVE?
VOTRE MAJESTÉ, C'EST UN MESSAGE DE DIEU POUR VOUS PRÉVENIR D'UN GRAND DANGER.
LES SEPT VACHES REPRÉSENTENT SEPT ANNÉES. IL Y AURA SEPT ANNÉES D'ABONDANCE, PUIS SEPT ANNÉES DE FAMINE.
DIEU VOUS PRÉVIENT POUR QUE VOUS AGISSIEZ. IL FAUT D'URGENCE FAIRE DES PROVISIONS.
PUISQUE DIEU TE REND SI SAGE ET INTELLIGENT, JE TE GARDE PRÈS DE MOI.
JE TE PLACE À LA TÊTE DU PAYS.
C'EST AINSI QUE JOSEPH DEVIENT PREMIER MINISTRE D'ÉGYPTE.

PENDANT SEPT ANS, JOSEPH RASSEMBLE DES RÉSERVES DE NOURRITURE, TOUT LE PAYS TRAVAILLE DUR.
JOSEPH, LES STOCKS SONT ÉNORMES. CELA DEVRAIT SUFFIRE, NON ?
CONTINUONS ENCORE.
SOUDAIN UNE FAMINE TERRIBLE S'ABAT SUR L'ÉGYPTE ET TOUS LES PAYS VOISINS.
JOSEPH VEND ALORS DU GRAIN AUX ÉGYPTIENS.
PLUS VITE! NOUS AVONS FAIM!
CALME-TOI. SANS CET HOMME, NOUS SERIONS TOUS MORTS.
OUI, BÉNI SOIT JOSEPH!

DES GENS AFFAMÉS ARRIVENT AUSSI DES PAYS VOISINS…
… ET, PARMI EUX, LA FAMILLE DE JOSEPH !
IL PARAÎT QU'EN ÉGYPTE, ILS ONT À MANGER.
C'EST NOTRE DERNIÈRE CHANCE…
MONSEIGNEUR, NOUS VENONS DE CANAAN ACHETER DU GRAIN.
DIEU DU CIEL… MES FRÈRES !
ILS NE M'ONT PAS RECONNU ! J'AI TELLEMENT CHANGÉ…
LES VOILÀ PROSTERNÉS DEVANT MOI… ALORS MES RÊVES DISAIENT VRAI !
PITIÉ ! NOTRE FAMILLE MEURT DE FAIM !
QUE FAITES-VOUS ICI ? ÊTES-VOUS VENUS NOUS ESPIONNER ?
?
NON ! NON ! C'EST NOTRE PÈRE JACOB QUI NOUS ENVOIE ! VOICI L'ARGENT !
VOUS MENTEZ !

JE TE JURE QUE C'EST VRAI! NOUS SOMMES DOUZE FRÈRES, MAIS L'UN EST MORT, ET LE PETIT DERNIER EST RESTÉ À LA MAISON.
LE PETIT DERNIER? BENJAMIN!
MON PETIT FRÈRE...
PROUVEZ-MOI QUE VOUS N'ÊTES PAS DES ESPIONS. EMPORTEZ DE LA NOURRITURE, ET REVENEZ AVEC VOTRE JEUNE FRÈRE.
LUI RESTE EN OTAGE. SI VOUS NE REVENEZ PAS, IL MOURRA.
LES FRÈRES REPARTENT, LEURS ÂNES CHARGÉS DE NOURRITURE.
COMMENT ANNONCER TOUT ÇA À NOTRE PÈRE?
C'EST DIEU QUI NOUS PUNIT CAR NOUS AVONS TUÉ JOSEPH.

JACOB REFUSE D'ABORD D'ENVOYER SON FILS BENJAMIN EN ÉGYPTE. MAIS, COMME LA FAMINE CONTINUE DE RAVAGER LA RÉGION, IL FINIT PAR CÉDER.
J'AI DÉJÀ PERDU JOSEPH, ET, MAINTENANT, MON PETIT BENJAMIN...
EN ÉGYPTE, CHEZ JOSEPH...
MONSEIGNEUR, VOICI NOTRE PETIT FRÈRE.
QUE DIEU PRENNE SOIN DE TOI, MON ENFANT.
JE VOUDRAIS TANT GARDER BENJAMIN AVEC MOI... COMMENT FAIRE? AH! J'AI UNE IDÉE!
VOUS ÊTES MES INVITÉS. MANGEZ ET BUVEZ À VOLONTÉ.
VITE, VA CACHER CETTE COUPE DANS LES BAGAGES DE L'ENFANT.

D'après le Livre de la Genèse, chapitres 37 à 45. Texte : Anne-Laure Fournier Le Ray. Illustrations : Johann Le Berre

LE FILS RETROUVÉ

D'après l'Évangile selon saint Luc

JÉSUS RACONTE UNE PARABOLE :

Un homme avait deux fils. Le plus jeune dit à son père : « Père, donne-moi ma part d'héritage. »
Et le père fit le partage de ses biens.
Quelques jours plus tard, le plus jeune fils rassembla tout ce qu'il avait et partit pour un pays lointain.

Il dépensa tout son argent en faisant la fête.
Une grande famine arriva et le jeune homme
se retrouva sans rien. Il alla se mettre
au service d'un des habitants du pays,
qui l'envoya dans ses champs garder ses cochons.
Il aurait bien voulu se remplir le ventre des gousses
que mangeaient les bêtes, mais personne ne lui en donnait.
Il se disait en lui-même : « Les ouvriers de mon père
ont du pain tant qu'ils veulent ! Et moi, ici, je meurs
de faim ! Je vais retourner chez mon père et je lui dirai :
"Père, j'ai péché envers le ciel et contre toi.
Je ne mérite plus d'être appelé ton fils...
Traite-moi comme un de tes ouvriers." »

Le fils partit donc rejoindre son père.
Alors qu'il était encore loin, son père l'aperçut
et fut rempli de pitié. Il courut se jeter à son cou
et l'embrassa tendrement. Le fils lui dit :
« Père, j'ai péché envers le ciel et contre toi.
Je ne mérite plus d'être appelé ton fils… »
Mais le père dit à ses serviteurs :
« Vite ! Apportez la plus belle tenue et habillez-le.
Mettez-lui un anneau au doigt et des sandales aux pieds.
Allez chercher le veau gras, tuez-le, mangeons
et faisons la fête, car mon fils que voilà était mort
et il est revenu à la vie, il était perdu
et il est retrouvé ! » Et ils se mirent
à faire la fête.

Le fils aîné était aux champs. Quand, à son retour, il approcha de la maison, il entendit de la musique et des gens danser. Appelant un de ses serviteurs, il lui demanda ce qui se passait. Celui-ci répondit : « Ton frère est de retour ! Ton père a tué le veau gras, parce qu'il est revenu en bonne santé. » Le fils aîné se mit alors en colère et il refusa d'entrer dans la maison. Son père sortit pour le prier d'entrer, mais le fils lui dit : « Depuis toujours, je fais tout ce que tu veux, sans jamais te désobéir. Tu ne m'as jamais donné un chevreau, à moi, pour faire la fête avec mes amis. Mais quand ton fils que voici est arrivé, lui qui a gaspillé ton argent avec des prostituées, tu tues le veau gras pour lui ! » Le père lui dit alors : « Mon enfant, toi, tu es toujours avec moi. Tout ce qui est à moi est à toi. Mais il fallait bien faire la fête et se réjouir, puisque ton frère que voici était mort et il est revenu à la vie. Il était perdu et il est retrouvé ! »

D'après l'Évangile selon saint Luc, chapitre 15, versets 11 à 32. Texte : Anne-Sophie du Bouëtiez. Illustrations : Hélène Georges

QUI EST CE PÈRE PLEIN

Avec cette parabole, Jésus parle de la façon dont Dieu no

TOUJOURS LE BIENVENU

Dans cette histoire, le père, c'est Dieu. Et le fils qui est parti, c'est nous, quand nous nous éloignons de Dieu. Jésus veut nous montrer que **Dieu est comme un père généreux et plein d'amour,** qui se réjouit toujours quand l'un de ses enfants décide de revenir vers lui.

PERDU ET RETROUVÉ

Le père n'empêche pas son fils de le quitter. Quand ce dernier est loin, il est même peut-être inquiet. Mais il ne part pas le chercher. Il le laisse libre. Quand son fils revient, il court l'embrasser, sans lui demander des excuses ou des explications. Encore mieux : il lui organise une fête ! **Le pardon de Dieu est au-delà de nos espérances. Il est surprenant et sans limites !** Mais pour nous pardonner, Dieu a besoin qu'on revienne vers lui.

Aude, 10 ans

« Le père a confiance en son fils qui est resté. C'est pour ça qu'il lui donne sa part d'héritage. »

D'AMOUR ?

ne et nous pardonne.

Liane, 11 ans

« Si quelqu'un t'a fait du mal, ce n'est pas facile de pardonner vite, parce que tu as encore de l'amertume dans ton cœur. »

UNE PLACE POUR CHACUN

Et ce fils aîné qui est resté avec son père sans désobéir ? On ne lui organise pas de fête, à lui ? On comprend sa jalousie. En réalité, ce fils-là a reçu beaucoup plus qu'une fête, car tout ce que possède son père est à lui. Peut-être n'avait-il pas compris que son père l'aimait d'un tel amour ! **Dieu aime chaque homme autant que les autres, mais il a mille façons de le montrer.**

Clément, 11 ans

« J'aime le fils qui est parti, car il a pris une décision difficile. Il est allé voir son père pour lui présenter ses excuses. Pour moi, c'est encore plus dur que de pardonner rapidement. »

Illustration : Hélène Georges. Photos : Curto, Sylv1rob1, ChantalS – stock.adobe.com

QUESTIONS, RÉPONSES

Parmi les sept sacrements, qui sont les signes de l'amour infini de Dieu, il y a celui de la réconciliation. On l'appelle aussi la « confession ». C'est un moment merveilleux où nous acceptons de nouveau l'amitié que Dieu nous offre.

★ Qu'est-ce qu'un péché ?

On croit que pécher, c'est faire ce qui est mal et se sentir coupable après. Mais le péché, c'est aussi quand on se coupe des autres… et de Dieu. Avec nos péchés de tous les jours, on s'éloigne de lui. Il arrive même qu'on le mette à l'écart de notre vie. C'est comme si, entre nous et Dieu, il y avait un fil d'amour : même si nous le cassons parfois, Dieu, lui, s'accroche !

★ Pourquoi recommence-t-on souvent les mêmes péchés ?

Nos péchés se ressemblent parce qu'ils ressemblent à notre caractère. Mais cela sert quand même d'être pardonné ! De pardon en pardon, l'esprit de Dieu nous aide à changer.

★ La miséricorde de Dieu, qu'est-ce que c'est ?

Quand les juifs parlent de la « miséricorde » de Dieu, ils utilisent un mot qui veut dire « entrailles ». Dans le corps humain, les entrailles sont la partie du ventre où une femme porte son enfant. On parle aussi d'entrailles pour parler de l'endroit intérieur où sont nos émotions. Dieu est pris aux entrailles pour nous. Il nous aime tellement qu'il est prêt à tout nous pardonner.

Se confesser, à quoi ça sert ?

« Confesser », cela veut dire reconnaître quelque chose devant les autres. Dans le sacrement du pardon, on reconnaît l'amour de Dieu. Et on lui redit qu'on l'aime, nous aussi. Notre amour est plus grand que nos péchés.

Pourquoi aller voir un prêtre ?

On ne peut pas libérer son cœur sans parler à une autre personne. La mission du prêtre est de nous écouter pour nous transmettre le pardon de Dieu. Le prêtre te donne le pardon en son nom. C'est Dieu qui te pardonne.

Est-ce que mon péché restera « secret » ?

Les mots que tu dis au prêtre ne lui appartiennent pas. À travers lui, c'est à Dieu que tu t'adresses ! Le prêtre s'engage à garder le secret de ta confession. Il ne répétera jamais rien à personne. Il le dépose, avec toi, entre les mains de Dieu.

Le sacrement de réconciliation, est-ce triste ou joyeux ?

Tu ressentiras de la tristesse quand tu prendras conscience de ce qui te sépare de Dieu. Mais n'oublie pas que ce sacrement célèbre l'amour infini de Dieu. Ce qui compte, c'est la joie qu'il éprouve de te voir revenir vers lui !

Illustr. : Aurore Petit

COMMENT SE DÉROULE LA CONFESSION ?

Le sacrement de réconciliation, c'est très personnel. Mais on peut se préparer avec d'autres chrétiens au cours d'une célébration, à la paroisse ou au caté.

1 Tu prends le temps de prier seul ou avec d'autres

et **tu demandes à Dieu de t'éclairer.**
Il te montrera ce qui t'éloigne de son amour.

2 Après avoir prié et écouté la parole de Dieu, tu vas voir un prêtre.

Tu lui parles de ta relation avec Dieu et de son amour pour toi. Tu lui racontes ce que tu aimes chez Dieu et ce que tu voudrais faire pour lui dire que toi aussi, tu l'aimes. Puis tu parles de ce que tu as fait de bien et de mal et **tu demandes pardon à Dieu.**

3 Le prêtre te donne des conseils.

Il te propose de faire quelque chose pour dire à Dieu que tu veux te rapprocher de lui. Eh oui ! Les mots ne suffisent pas, tu dois aussi agir, chaque jour, pour lui témoigner ton amour. Ainsi, **tu exprimes à Dieu ton désir de faire la paix avec lui** et d'essayer de changer.

Photo : Corinne Simon/CIRIC

4 Le prêtre te donne ensuite l'absolution,

c'est-à-dire le pardon, au nom de Dieu. Il étend ses mains vers toi et dit : « Au nom du Père, du Fils et du Saint-Esprit, je te pardonne tous tes péchés. » Il fait sur toi le signe de croix et **tu réponds : « Amen. »**

5 Le prêtre t'invite enfin à te réjouir du pardon reçu :

« Va dans la paix et la joie du Christ. »
Avec les autres, tu chantes ta joie et **tu remercies Dieu** par une prière.

Maintenant, tu peux commencer ta nouvelle vie !

PRÉPARE TA CONFESSION !

Avant d'aller voir un prêtre, pose-toi les bonnes questions. Et n'oublie pas : Dieu t'aime d'un amour infini !

- ★ Comment reçois-tu l'amour de Dieu ?
- ★ Quelles sont les personnes qui t'aident à découvrir l'amour de Dieu ?

- ★ Qu'as-tu envie de faire pour répondre à l'amour de Dieu ?
- ★ Qu'as-tu envie de dire à Dieu pour le remercier ?

- ★ Qu'est-ce qui t'éloigne de l'amour de Dieu, des autres, de toi-même ?
- ★ Pourquoi veux-tu demander pardon ?

Après la confession...

Prends le temps de remercier Dieu en écrivant une prière ou en dessinant ce que tu ressens.

Illustrations : Robin

Des prières pour t'accompagner !

Je confesse à Dieu

Je confesse à Dieu tout-puissant,
je reconnais devant mes frères
que j'ai péché
en pensée, en parole,
par action et par omission.
(en se frappant la poitrine)
Oui, j'ai vraiment péché.
C'est pourquoi je supplie la Vierge Marie,
les anges et tous les saints,
et vous aussi, mes frères,
de prier pour moi le Seigneur notre Dieu.

Acte de contrition

Mon Dieu, j'ai un très grand regret de vous avoir offensé,
parce que vous êtes infiniment bon,
infiniment aimable, et que le péché vous déplaît.
Je prends la ferme résolution,
avec le secours de votre sainte grâce
de ne plus vous offenser et de faire pénitence.

La formule d'absolution

Après ta confession, le prêtre étend ses mains sur toi et dit :

« Que Dieu notre Père vous montre sa miséricorde !
Par la mort et la résurrection de son Fils, il a réconcilié le monde
avec lui et il a envoyé l'Esprit Saint pour la rémission des péchés ;
par le ministère de l'Église, qu'il vous donne le pardon et la paix !
Et moi, au nom du Père et du Fils et du Saint-Esprit,
je vous pardonne tous vos péchés. »

Jeanne et Corentin ont reçu le sacrement de réconciliation.
Ils te racontent leur préparation et ce qui a changé dans leur vie !

Corentin, 10 ans

« La première fois que je me suis confessé, c'était juste avant ma première communion. Il fallait que je sois prêt pour recevoir Jésus. Mon groupe s'est réuni dans notre église. Il y avait plusieurs prêtres. J'ai attendu un petit peu, car je voulais parler au prêtre qui m'a baptisé. Je le connais. Avec lui, j'étais sûr que ça se passerait bien. Il m'a rassuré. Nous avons fait le signe de croix. Il m'a donné une feuille avec des questions pour m'aider. Après m'être réconcilié avec Dieu, je me sentais mieux et j'ai déposé une bougie au pied de la croix. »

Jeanne, 11 ans

« Avec mon groupe, chacun a écrit ses péchés sur un papier. Ensuite, j'ai lu les miens au prêtre. Il a dit une prière pour me réconcilier avec Dieu. J'ai fait le signe de croix et je suis allée déposer une bougie devant l'autel. Ensuite, le prêtre a allumé un feu dans lequel on a tous jeté les papiers où étaient écrits nos péchés. Je me suis sentie plus légère après... Je n'avais plus de péchés ! Ça m'a fait du bien. »

Abonnez un enfant à

PrionsenEglise **Junior**

Près de 25% de réduction

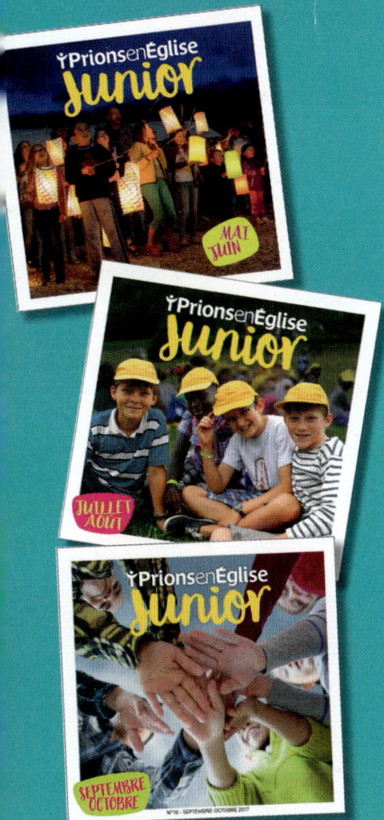

Bulletin à renvoyer à : Bayard Jeunesse
TSA 50006 - 59714 Lille Cedex 9

☐ **OUI,** j'offre un abonnement à ***Prions en Église Junior***
1 an (6 n^{os}) à **32 €** au lieu de ~~42 €~~.

B171935

Mes coordonnées ☐ M. ☐ Mme

PRÉNOM

NOM

COMPLEMENT D'ADRESSE (RÉSIDENCE, ESC., BAT.)

N° (DE LA VOIE)(1) VOIE (RUE, AV, BD, CH, IMP...)(1)

LIEU-DIT/BP

CODE POSTAL VILLE

TÉLÉPHONE

@

ADRESSE E-MAIL. Merci de nous préciser votre adresse mail afin que nous puissions, conformément à la loi, vous adresser votre récapitulatif de commande.

Coordonnées de l'enfant à abonner

PRÉNOM DE L'ABONNÉ

NOM DE L'ABONNÉ

COMPLEMENT D'ADRESSE (RÉSIDENCE, ESC., BAT.)

N° (DE LA VOIE)(1) VOIE (RUE, AV, BD, CH, IMP...)(1)

LIEU-DIT/BP

CODE POSTAL VILLE

SEXE F. ☐ M. ☐

DATE DE NAISSANCE. Pour recevoir des offres exclusives pour son anniversaire.

(1) Indiquez précisément le n° de voie et le libellé de voie pour une meilleure garantie de l'acheminement de votre abonnement.

Je choisis de payer :

☐ **par carte bancaire sur librairie-prions.com/junior**
Paiement sécurisé.

☐ **par chèque bancaire à l'ordre de Bayard.**
Je découpe ce bulletin complété et je le renvoie accompagné de mon règlement.

Offre valable jusqu'au 30/06/2018 en France métropolitaine uniquement, dans la limite des stocks disponibles. Abonnements France par téléphone au 0825 825 830 (du lundi au vendredi de 8h30 à 19h et le samedi de 9h à 18h - 0,15€/ min.), UE/DOM TOM et autres pays : 33 (0)1 74 31 15 06. Les données vous concernant sont destinées au groupe Bayard, auquel Bayard Presse appartient. Elles sont enregistrées dans notre fichier clients à des fins de traitement de votre abonnement. Elles sont susceptibles d'être transmises en dehors de la communauté européenne à des fins d'enregistrement et de traitement de votre commande. Conformément à la loi (Informatique et libertés) du 6 janvier 1978 modifiée, elles peuvent donner lieu à l'exercice du droit d'accès et de rectification, d'opposition et de suppression des données vous concernant, à l'adresse suivante : Bayard (CNIL) - TSA 10065 - 59714 LILLE Cedex 9. Si vous ne souhaitez pas que vos données soient utilisées par nos partenaires à des fins de prospection commerciale, cochez cette case ☐. A l'exception des produits numériques ou d'offre de service, vous disposez d'un délai de 14 jours à compter de la réception de votre produit/magazine pour exercer votre droit de rétractation en notifiant clairement votre décision à notre service client. Vous pouvez également utiliser le modèle de formulaire de rétractation accessible dans nos CGV. Nous vous rembourserons dans les conditions prévues dans nos CGV. Pour en savoir plus : https://e-bayard-jeunesse.com/retractation-bj. Photos non contractuelles.

PRIÈRE DE SAINT FRANÇOIS D'ASSISE

« Seigneur, fais de moi un instrument de ta paix,
Là où est la haine, que je mette l'amour.
Là où est l'offense, que je mette le pardon.
Là où est la discorde, que je mette l'union.
Là où est l'erreur, que je mette la vérité.
Là où est le doute, que je mette la foi.
Là où est le désespoir, que je mette l'espérance.
Là où sont les ténèbres, que je mette la lumière.
Là où est la tristesse, que je mette la joie.

Ô Seigneur, que je ne cherche pas tant
à être consolé qu'à consoler,
à être compris qu'à comprendre,
à être aimé qu'à aimer.

Car c'est en se donnant qu'on reçoit,
c'est en s'oubliant qu'on se retrouve,
c'est en pardonnant qu'on est pardonné,
c'est en mourant qu'on ressuscite
à l'éternelle vie. »

HORS-SÉRIE 4,50 €
9 791029 605963